```
Dados Internacionais de Catalogação na Publicação (CIP) (Câmara Brasileira do Livro, SP, Brasil)

Holcomb, Lindsey A.
    Deus me fez à sua imagem : ajudando crianças a valorizarem seus corpos / Lindsey A. Holcomb e Justin S. Holcomb ; ilustrações de Trish Mahoney ; tradução Meire Santos. -- São José dos Campos, SP : Editora Fiel, 2024.

    Título original: God made me in his image.
    ISBN 978-65-5723-378-8

    1. Corpo humano - Aspectos religiosos - Cristianismo 2. Crianças - Criação - Apectos religiosos - Cristianismo I. Holcomb, Justin S. II. Mahoney, Trish. III. Título.

24-234758                                                                                       CDD-233.11

Elaborado por Eliete Marques da Silva - CRB-8/9380
```

Deus me fez à sua imagem: Ajudando crianças a valorizarem seus corpos
Traduzido do original em inglês: God made me in his image: helping children appreciate their bodies

Copyright do texto © 2021 por Lindsey A. Holcomb e Justin S. Holcomb
Copyright da ilustração © 2021 por Trish Mahoney

Publicado originalmente por New Growth Press, Greensboro, NC 27404, USA.

Copyright © 2024 Editora Fiel
Primeira edição em português: 2024

Todos os direitos em língua portuguesa reservados por Editora Fiel da Missão Evangélica Literária. Proibida a reprodução deste livro por quaisquer meios sem a permissão escrita dos editores, salvo em breves citações, com indicação da fonte.

Diretor Executivo: Tiago Santos
Editor-chefe: Vinicius Musselman
Editora: Renata do Espírito Santo
Coordenação Editorial: Gisele Lemes
Tradução: Meire Santos
Revisão: Renata do Espírito Santo
Adaptação Diagramação e Capa: Caio Duarte
Ilustração: Trish Mahoney
ISBN (impresso): 978-65-5723-378-8
ISBN (eBook): 978-65-5723-377-1

Caixa Postal, 1601 | CEP 12230-971
São José dos Campos-SP
PABX.: (12) 3919-9999
www.editorafiel.com.br

DEUS ME FEZ À SUA IMAGEM

Ajudando crianças a valorizarem seus corpos

**Justin S. Holcomb
& Lindsey A. Holcomb**

Ilustrado por
Trish Mahoney

No ônibus, todos os estudantes estavam agitados, conversando sobre a excursão que fariam ao safári do zoológico. Todos estavam empolgados, exceto Rute e Mateus, que estavam sentados lado a lado com expressões bem azedas.
— O que aconteceu com você?
— perguntou Rute ao seu amigo.

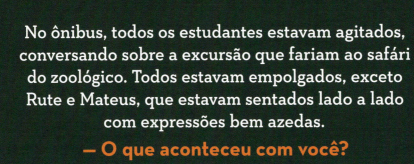

— Hoje cedo meu irmão me chamou de orelhudo.
— disse Mateus.

Rute franziu a testa:
— Isso não é legal. Mas pelo menos você não tem cabelo ruivo e crespo, e sardas. Eu queria muito ter cabelos sedosos e não ter sardas.

Naquele exato momento, a senhora Chen bateu palmas chamando a atenção das crianças:
— Ouçam todos! Já que estamos lendo Gênesis e estudando sobre a criação de Deus, eu sei que todos estão empolgados para explorar o zoológico.

Todos vibraram e a senhora Chen continuou:

— A Bíblia nos diz que tudo que existe foi criado por Deus.

— Até mesmo eu! — exclamou Roberto, pulando em seu assento.

A senhora Chen sorriu:
— Sim, Deus o criou, Roberto. Ele criou cada um de vocês, todos vocês, e os animais que veremos hoje. Por que você acha que ele criou todos nós?

Roberto parou de pular e disse:
— Eu não sei.

A senhora Chen disse:
— A Bíblia diz que a criação de Deus ensina às pessoas sobre quem Deus é, seu poder, força e beleza. E quando exploramos a criação de Deus, também aprendemos sobre nós mesmos.

— Quem se lembra da lista de tudo que Deus fez? — perguntou a senhora Chen.

OH!

Tainara levantou a mão:
— Ele fez a luz e o espaço.

SOL
LUA
ESTRELAS
LUZ

— Muito bem! O que mais Deus fez?

— Ele fez o sol, a lua, as estrelas e outros planetas. — disse Júlio.

Eu queria que Deus me tivesse feito tão bonita quanto uma estrela, pensou Rute. Ela prendeu seu cabelo atrás da orelha e olhou para baixo.

— Está certo! — disse a professora.

— E ele fez o céu e os mares, e os encheu com pássaros e peixes. Ele também fez a terra e as plantas, e encheu a terra com animais e seres humanos. Vocês se lembram da palavra que Deus usou para descrever o que ele havia feito?

— Eu me lembro! — gritou Roberto. — **Ele disse que era "bom".**

— Isso mesmo! — disse a senhora Chen. — Após cada dia da criação, Deus olhou para o que havia criado, desde a luz, a terra e até as criaturas viventes, e disse que tudo era "bom".

— Alguém se lembra do que Deus disse depois de fazer as pessoas?

— Ele disse: "Minha criação agora é muito boa!" — falou Rute, olhando para cima por alguns instantes.

— Deus fez as pessoas parecidas com quem? — perguntou a senhora Chen.

— Deus disse: "Façamos os seres humanos à nossa imagem". — falou Mateus. — Então, imagino que, de alguma maneira, sejamos parecidos com Deus.

— Sim — disse a senhora Chen. — **Nada na criação consegue refletir Deus de forma tão especial como nós.**

— Muito tempo atrás, quando Gênesis foi escrito, o mundo estava cheio de imagens, o que hoje chamamos de estátuas. As estátuas mais importantes eram as dos reis. Cada rei tinha suas estátuas colocadas em todo o seu reino para lembrar a todos que ele era importante e estava no comando. Assim como os reis humanos faziam imagens para lembrar a todos do seu poder,

Deus, o Rei de todo o mundo, fez os seres humanos para revelar sua majestade. Isso mostra a grande dignidade de todos os seres humanos.
— sorriu a senhora Chen a todos os seus alunos.

Roberto levantou sua mão:
— Senhora Chen, o que significa "dignidade"?

— Boa pergunta! Quando dizemos que as pessoas têm dignidade, significa que elas são dignas de honra e respeito.

Rute franziu a testa. Aquilo não parecia com a forma como ela se sentia hoje. Ela se inclinou para ouvir a senhora Chen melhor.

— Então nós somos imagens *Reais* de Deus? — perguntou Rute.

— Correto! — disse a senhora Chen. — Os versos 13 e 14 do Salmo 139 dizem: "Tu criaste o íntimo do meu ser e me teceste no ventre da minha mãe. Eu te louvo porque me fizeste de modo assombroso e admirável. As tuas obras são maravilhosas! Sei disso muito bem".

A senhora Chen continuou:
— Esse versículo nos conta que o próprio Deus projetou você! Deus a fez, toda você, com um propósito. Cada parte do seu corpo foi feita de modo maravilhoso!

— Eu não tenho certeza se meu cabelo crespo e minhas sardas são maravilhosos. — cochicou Rute para Mateus.

— Ou minhas orelhas! — cochichou Mateus de volta.

O ônibus parou e os estudantes começaram a conversar.

— Classe, é por isso que estamos fazendo essa excursão hoje,
para explorar a criação de Deus.
**Uma das formas pelas quais nós aprendemos sobre Deus é olhando
tudo que ele fez, e isso inclui você!
Vamos ver os animais que Deus fez!**

A senhora Chen acompanhou as crianças ao saírem do ônibus e as apresentou a Davi, o guia do safári. Ela conhecia Davi da igreja.

Davi disse:
— Hoje vocês terão uma grande aventura! Esse zoológico é um santuário para animais que foram machucados na selva e que precisam de um lugar seguro para se recuperar. Nós vamos atravessar o parque em veículos e mostrarei a vocês os "Cinco Grandes".

Roberto olhou para cima:
— Quem são os Cinco Grandes?

Davi sorriu:
— Boa pergunta! Os Cinco Grandes são os famosos animais da selva africana:

1 **Leopardo**
2 **Rinoceronte**
3 **Elefante**
4 **Leão**
5 **Búfalo**

As crianças começaram a conversar sobre qual animal eles mais queriam ver.

— Todos para os jipes. Vamos para uma aventura incrível! Lembrem-se de manter suas mãos e braços dentro dos veículos e falem baixinho para não espantarem os animais.

Enquanto os jipes passavam sobre os obstáculos na estrada, Davi anunciou:

— Quando encontrarmos um animal, vou contar pra vocês alguns fatos importantes sobre como ele foi feito e por que isso é importante.

— Olhem à sua esquerda, crianças! Este animal não está na lista dos Cinco Grandes, mas ele também é grande! Debaixo da acácia você verá o animal mais alto que existe no mundo. A altura da girafa é útil para vigiar predadores, tais como leões e hienas.

As crianças prenderam a respiração quando uma girafa branca grande saiu por detrás das árvores.

Davi continuou:
— Zoe é muito bonita. Ela tem leucismo, o que significa que as células da pele dela não produzem qualquer cor. Isso não só a torna diferente dos outros animais; também faz com que ela seja mais vulnerável aos predadores, uma vez que ela não tem as manchas que ajudam a camuflar as girafas.

Mesmo assim, Deus deu a ela outros pontos fortes que podem mantê-la em segurança. Ela pode usar suas longas pernas e pescoço para lutar com os predadores. Um chute rápido de uma de suas pernas pode causar sérios danos a um leão ou uma hiena. Ela é única. Todos querem ver a Zoe!

Rute cochichou para Mateus:
— Acho que ser diferente não é sempre ruim.

Mateus concordou:
— Sim, ser diferente faz a Zoe ser muito legal. Eu ainda queria que minhas orelhas fossem menores e que meu irmão parasse de me lembrar sobre quão grandes elas são.

Davi apontou para uma árvore:
— **Olhem lá em cima e vocês verão o primeiro dos Cinco Grandes hoje!**
Leopardos caçam durante a noite, então esse leopardo quer dormir agora. Diferente das girafas, os leopardos vivem e caçam sozinhos.

Davi fez uma pausa:
— Alguém pode me dizer qual a semelhança deles com as girafas?

Roberto levantou sua mão e disse, com hesitação:
— Eles têm manchas como as girafas?

— Isso mesmo! Deus fez o leopardo de cor clara com diferentes manchas escuras que são chamadas de rosetas, porque elas se parecem com o formato de uma rosa. Não há um leopardo que tenha as mesmas marcas ou cor. Na verdade, as manchas de cada leopardo são únicas, semelhantes às impressões digitais dos seres humanos.

Davi fez novas perguntas às crianças:
— Mas alguém aqui pode me dizer por que os leopardos têm manchas?

Depois de um minuto ou dois de silêncio, Rute levantou a mão:
— É para camuflagem, como as girafas?

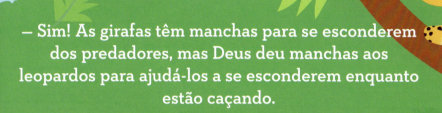

— Sim! As girafas têm manchas para se esconderem dos predadores, mas Deus deu manchas aos leopardos para ajudá-los a se esconderem enquanto estão caçando.

Rute cochichou para Mateus:
— Fico imaginando por que Deus me deu manchas. Eu queria que elas me ajudassem a me esconder, em vez de me fazerem aparecer ainda mais.

Mateus respondeu:
— Aparecer! Como se você tivesse alguma razão para reclamar. Minhas orelhas realmente "aparecem".

A senhora Chen ouviu a conversa de Mateus e Rute, e disse:
— Davi, nós sempre sabemos o propósito por trás de todas as partes do formato de um animal?

— De forma alguma! — respondeu Davi. — Nós ainda estamos descobrindo novas coisas todos os dias. Mas, assim como em Gênesis, podemos confiar que todos os projetos de Deus são bons, até mesmo os menores detalhes. A Bíblia também nos diz que Deus sabe quando um passarinho cai e, até mesmo, quantos cabelos nós temos em nossas cabeças.

— Se Deus conhece todas essas coisas, podemos confiar que ele sabia o que estava fazendo quando formou cada criatura em sua própria forma singular. Deus sabia o que estava fazendo quando criou cada um de vocês também.

Quando eles viraram uma esquina, Davi disse:
— Olhem na direção do buraco cheio de lama.
Vocês conseguem ver os rinocerontes se revolvendo
na piscina lamacenta?
Eles são o segundo animal na lista dos Cinco Grandes.
O rinoceronte coloca lama por todo o seu corpo para
proteger a pele do sol, refrescar-se e para retirar
os parasitas.

Mateus apontou para um rinoceronte que se agitava na lama:
— Aquele ali parece estar brincando de um jogo!

— Boa observação. — disse Davi. — O nome daquele rinoceronte é Jeremias e ele não tem seu pé esquerdo da frente. Provavelmente ele foi pego em uma armadilha de caçador.

— Muitos dos animais que aqui estão não são exatamente do jeito que Deus os criou originalmente para ser, porque possuem ferimentos ou enfermidades.

A senhora Chen falou alegremente:
— Alguém se lembra de um fato importante que aconteceu após a Criação?

Fernanda, que normalmente era discreta, falou:
— A Queda.

A senhora Chen disse:
— Exatamente, Fernanda, a Queda! Quando Adão e Eva desobedeceram a Deus, todo mundo mudou. Tudo que era puramente bom agora tinha algo mais, como pecado, doenças e morte.

Davi continuou:
— Como podemos ver, Jeremias não permite que seu ferimento o impeça de aproveitar a vida. Ele está se divertindo e consegue realizar a mesma tarefa que os outros rinocerontes.

Fernanda virou seu rosto, revelando uma enorme marca de nascença de cor marrom em sua face:

— É claro que Jeremias ainda aproveita a vida! Várias pessoas pensam que ter uma diferença no seu corpo significa que você não possa ser feliz. Mas isso é errado!

A vida é linda, mesmo quando há coisas difíceis.

E como a senhora Chen disse antes, todas as pessoas são dignas de honra e respeito, independente de suas diferenças.

Todos ficaram quietos por um momento, pensando no que Fernanda havia falado.

Observando que Fernanda começava a ficar vermelha de vergonha, Davi falou logo sobre outro fato a respeito dos rinocerontes:
— Isso é maravilhoso! Não importa se eles têm diferenças, cada criatura ganhou talentos diferentes, e cada um é fantástico em seu próprio jeito.

— Os rinocerontes têm uma visão terrível, mas Deus lhes deu um **olfato incrível** e uma **audição fantástica**. Suas orelhas podem girar, permitindo que os rinocerontes ouçam sons ao seu redor com a mesma intensidade.

Mateus cochichou para Rute:
— Eu nunca havia ouvido a Fernanda conversar tanto! Eu sempre pensei que a marca de nascença dela fosse bem legal, como o pelo branco da girafa Zoe.

— Claro! — Rute falou apressadamente. — A marca de nascença da Fernanda é legal porque é diferente, mas eu tenho apenas essas velhas sardas comuns.

— Aqui está o número três dos Cinco Grandes! — exclamou Davi.

Uma manada de elefantes aumentava a cada minuto enquanto os jipes se aproximavam.

Roberto disse:
— Vejam aquele elefante menor. Suas orelhas são enormes para a sua cabeça!

Vários outros garotos riram, e as orelhas de Mateus ficaram vermelhas, como se eles estivessem falando dele, e não do elefante.

Davi disse:
— Aquele elefante realmente tem orelhas grandes! Seu nome é Carlito e tenho certeza de que ele ama suas orelhas grandes.

As orelhas dos elefantes os protegem do calor do sol, assim como um guarda-sol.

E as orelhas de um elefante também são usadas para comunicação, por isso Carlito é um dos principais líderes do seu grupo.

Uau, pensou Mateus, *Carlito usa suas orelhas grandes para fazer várias coisas importantes. Mas qual o propósito das minhas orelhas grandes?*
Depois de pensar por alguns minutos, Mateus tocou no ombro da Rute. Rute não respondeu, mas Mateus falou assim mesmo:

— **Sinto muito por não ter ouvido você muito bem.**
A aparência das minhas orelhas era mais importante para mim do que usá-las para o que Deus as criou para fazer. Se eu realmente estivesse ouvindo você, eu não teria tentado fazer toda a nossa conversa girar em torno de mim.

— Eu perdôo você, Mateus. — sorrindo um pouco, ela acrescentou
— **E está na hora de você dar um bom uso para essas orelhas!**

O sorriso de Rute se dissipou enquanto ela pensava:
Mas não pode haver a possibilidade de qualquer bom uso para cabelo crespo e sardas...
Ela observou sua aparência no espelho lateral do jipe.

— **Rápido, olhem para a direita!**
— Davi apontou para uma leoa correndo pela grama alta.

Roberto exclamou:
— **Como ela é rápida!**
É muito legal vê-la correndo com toda velocidade!

Davi concordou:
— Sofia, nossa leoa rápida é a número quatro na nossa lista dos Cinco Grandes! Nós já vimos quase todos.

Exatamente nesse momento, Rute parou de se observar no espelho lateral do jipe:
— O quê? Número quatro? Onde? O que foi aquilo?

Mateus olhou para ela com olhos arregalados:
— Você não viu a leoa? Ela era incrível!

A senhora Chen acrescentou gentilmente:
— Espelhos podem ser coisas engraçadas. Muitas vezes, quanto mais tempo você gasta olhando para eles, menos você realmente vê.

Rute baixou seu olhar:
— A senhora está certa. Tenho pensado tanto a respeito da minha aparência que mal aproveitei essa excursão, e agora eu deixei de ver algo maravilhoso!

Voltando-se para Mateus, ela acrescentou:
— Eu também devo a você um pedido de perdão. Desculpe-me por ser maldosa e revidar quando me magoou.

— Número cinco dos Cinco Grandes, o búfalo africano! — anunciou Davi.

— Se vocês olharem à frente, verão uma pequena manada de búfalos. Parece que eles formaram um círculo ao redor de alguns outros búfalos.

Roberto levantou sua mão:
— Por que eles fizeram isso?

Davi sorriu e continuou:
— Eles fazem isso para proteger os búfalos jovens, velhos ou machucados. Os mais fortes apontam seus chifres para os predadores. Isso impede que os predadores alcancem os animais que não estão fortes o suficiente para lutar.

Mateus disse a Rute:
— **Legal! Eu queria que as pessoas fossem mais parecidas com os búfalos. Em vez de se unirem, nós normalmente pegamos no pé de quem é mais fraco.**

— Eu conheço alguém que é como os búfalos — disse a senhora Chen — ou, ao contrário, os búfalos são como ele.

— Ele quem? — perguntou Roberto, sempre curioso.

A senhora Chen respondeu rapidamente:
— Deus, é claro! Lembre-se de que toda a criação reflete algo do seu caráter, uma vez que ele é o criador.

— No Salmo 68, ele é descrito como:
"Pai para os órfãos e defensor das viúvas".
E em Jesus nós vemos mais claramente ainda o cuidado de Deus com as pessoas que são fracas ou que sofrem.

Assim que a senhora Chen terminou, eles chegaram à recepção do zoológico:
— Classe, vamos agradecer ao Davi por uma excursão maravilhosa!

— **Muito obrigado, Davi!**
— gritaram todas as crianças enquanto saíam do jipe e corriam para o ônibus.

Ao saírem do safári, todos no ônibus cantarolavam com empolgação. As crianças contavam novamente os acontecimentos do dia, tentando decidir qual animal era o favorito delas.

A senhora Chen levantou a mão para receber a atenção dos alunos:

— Alguém gostaria de compartilhar alguma coisa que tenha aprendido hoje sobre a criação de Deus?

— **Ela é fantástica!**
— gritou Roberto.

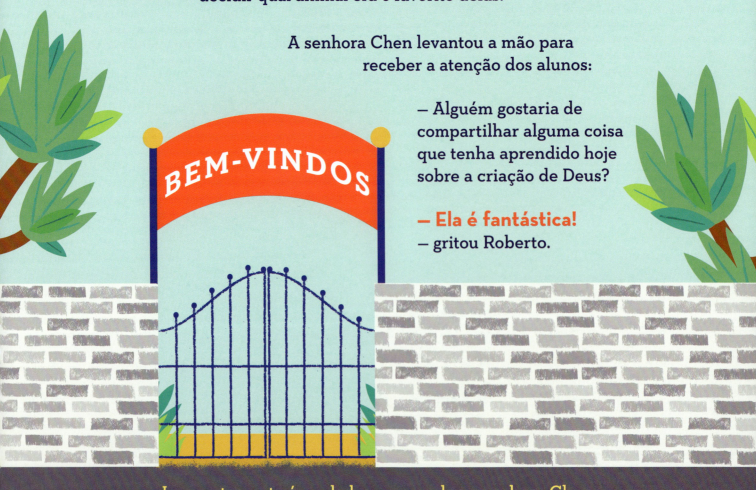

— Isso certamente é verdade — concordou a senhora Chen.
— Mas alguém pode ser mais específico? O que tinha de tão fantástico nela?

— Bem, mesmo que todas as criaturas que Deus fez tenham diferentes formas, tamanhos e habilidades, cada uma delas tem exatamente aquilo de que precisa. E suas diferenças tornam o mundo um lugar bastante interessante para se viver! — explicou Roberto.

Mateus acrescentou:
— Mas nós também podemos ver vários animais que estão sofrendo por causa da Queda. Mesmo Deus tendo feito o mundo bom, agora nem tudo está bem o tempo todo.

Rute levantou sua mão:
— Eu gostei do que Fernanda disse, sobre animais e pessoas ainda poderem ter uma vida bonita, mesmo quando as coisas não estão muito bem. E que Deus deu a cada um de nós talentos especiais! — depois de uma pausa, ela acrescentou — Também aprendi que é importante prestar atenção à beleza ao nosso redor, porque é fácil a gente se distrair!

— Sim, concordou Mateus. — Nós devemos usar nossos corpos para o propósito que Deus os criou, e assim podemos valorizar um ao outro e cuidar um do outro e do resto do mundo também!

Fernanda falou mais uma vez:
— Por causa do que Jesus fez como nosso Salvador, Deus nos torna cada vez mais parecidos com ele, imagens gloriosas de Deus.

Girafa

O nome girafa é derivado da palavra árabe *zarafa*, que significa "aquela que anda muito rápido". Girafas não bebem muita água. Isso porque elas conseguem a maior parte da água de que precisam das folhas, que são seu principal alimento, e, assim, elas só precisam beber água apenas uma vez a cada poucos dias.

Leopardo

Os leopardos africanos têm pernas fortes que os ajudam a alcançar velocidades de até 58 quilômetros por hora. Eles conseguem pular verticalmente até 3 metros no ar para pegar um pássaro e, horizontalmente, até 6 metros para cruzar obstáculos.

Os olhos do leopardo africano têm capacidade de enxergar sete vezes melhor do que a visão humana no escuro.

Rinoceronte

Os rinocerontes são conhecidos por seus chifres gigantes que crescem dos seus focinhos, daí o nome rinoceronte, que significa "chifre no nariz". Os rinocerontes negros africanos têm dois chifres.

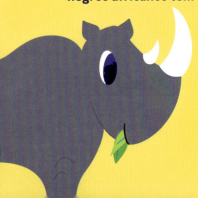

Elefante

Os elefantes têm uma memória incrível. Com o retorno de um amigo que havia se distanciado há muito tempo, os elefantes fazem uma cerimônia em que giram em círculos, agitam suas orelhas e gritam.
As trombas dos elefantes são fortes o suficiente para arrancar árvores, e delicadas o suficiente para pegar um pequeno graveto. Quando cruzam rios profundos, os elefantes usam suas trombas como snorkels!

Leão

O rugido de um leão macho pode ser ouvido a uma distância de até 8 quilômetros, o rugido mais alto de qualquer das espécies dos grandes felinos.
Mas, diferente dos gatos domésticos, os leões não podem ronronar. Um leão pode ver de cinco a seis vezes melhor do que os humanos, mas eles são cegos quando nascem.

Búfalo africano

O búfalo africano é a única espécie de gado selvagem que pode ser encontrada na África. Eles têm chifres em formato de pontos de interrogação. O búfalo africano tem visão e audição fracas, mas seu olfato é excelente.

Os Cinco Pequenos da África

Veja se você consegue encontrar esses famosos animais da selva africana enquanto a classe da senhora Chen volta de ônibus para a escola.

 Musaranho-elefante

 Formiga-leão

 Besouro-rinoceronte

 Tecelão-de-bico-vermelho

 Tartaruga-leopardo

Queridos pais ou cuidadores,

Obrigado por lerem *Deus me fez à sua imagem* para sua criança. Nós escrevemos este livro como uma ferramenta para que você possa explicar aos seus filhos ou crianças ao seu cuidado que Deus fez seus corpos, e isso é fundamental para a autoimagem deles. Em uma geração que transborda mensagens negativas sobre a imagem corporal, a imagem que as crianças têm dos seus corpos é um assunto urgente. As crianças precisam saber que Deus fez seus corpos, e os fez especiais. A mensagem que as crianças precisam ouvir é esta: "Deus fez você à sua imagem. Cada parte do seu corpo é boa porque Deus fez todas elas e chamou tudo de bom".

Nosso alvo é que a mensagem deste livro incentive as crianças a apreciarem seus corpos e a abordarem suas dúvidas e vergonhas relacionadas a eles. Isso é importante porque pesquisas relacionadas a crianças e questões do corpo são espantosas e tristes. As crianças estão lidando com distorções da imagem corporal muito precocemente. Muitas crianças pequenas estão fazendo dietas ou desenvolvendo hábitos alimentares perigosos. Além disso, muitas tendências em nossa cultura levam à hipersexualização das crianças.

- Meninas de cinco anos de idade cujas mães relataram fazer dieta atualmente ou recentemente têm mais que o dobro de probabilidade de ter ideias sobre dietas do que meninas cujas mães não fazem dietas. O comportamento de uma mãe que faz dieta é fonte das ideias, conceitos e crenças de sua filha a respeito de dietas e de imagem corporal.[1]

- Aos seis anos de idade, as meninas, especialmente, começam a expressar preocupações sobre seu peso ou forma.[2] Quase metade das crianças americanas entre o primeiro e o terceiro anos do ensino fundamental se preocupam sobre seu peso,[3] e a metade das meninas de nove a dez anos de idade estão fazendo dietas.[4] Aproximadamente 80 por cento de todas as meninas de dez anos de idade já fizeram dieta pelo menos uma vez em suas vidas.[5] Até mesmo entre as garotas de porte médio, mais de um terço relatam ter feito dietas.[6]

- Na idade de dez anos, cerca de um terço de todas as garotas e 22 por cento dos meninos dizem que sua maior preocupação é sua aparência física.[7] Dez anos também é a idade média para as crianças começarem a fazer dietas.[8] As meninas sempre demonstraram preocupação maior com relação ao seu peso e aparência, mas, recentemente, há um aumento significativo no número de meninos que também se preocupam. Os meninos querem ser altos e musculosos – e se preocupam com seu peso também.

- A obesidade infantil triplicou desde os anos 1980.

- Virtualmente, toda forma de mídia estudada proporciona ampla evidência da sexualização de mulheres e homens, inclusive televisão, vídeos de música, letras de músicas, filmes, revistas, mídia relacionada a esportes, vídeo games, internet e propagandas. As crianças internalizam essa mensagem.

Pesquisas mostram que crianças no ensino fundamental têm a idade mais propícia para desenvolverem uma imagem corporal negativa. Ao ajudar a melhorar a imagem física delas nesse estágio e tornando-as mais cientes das mensagens que a mídia está publicando, os pais e cuidadores podem equipá-las melhor para sentirem-se seguras quanto aos seus corpos.

Os pais são uma das influências mais poderosas na vida dos filhos em relação à sua imagem corporal. Este livro serve como ferramenta para começar uma conversa sobre as implicações práticas de se ter uma imagem corporal criada à imagem de Deus.

Obrigado por investir tempo na leitura deste livro e por falar com seu filho sobre ele.

Lindsey e Justin Holcomb

Incentivando as crianças a ter uma imagem corporal saudável

- Incentive as crianças a não se compararem a seus colegas. Em vez disso, ajude-as a agradecer a Deus pelos talentos que ele lhes deu, e peça a Deus para lhes mostrar como podem se tornar mais parecidas com ele hoje.

- Se o seu filho tiver uma deficiência física, lembre a ele que isso não invalida sua dignidade inerente como portador da imagem de Deus, nem diminui as outras qualidades com as quais Deus o abençoou.

- Ajude vítimas de bullying a aumentar sua confiança ao focalizar o quanto elas são dignas por terem sido feitas à imagem de Deus e ao lembrá-las dos atributos positivos que Deus lhes deu. Também discuta estratégias sobre como podem responder ao bullying da próxima vez que ocorrer, e procure recursos adicionais sobre bullying que possam ajudá-lo a dar suporte aos seus filhos.

- Encoraje seus filhos a fazer as coisas que eles amam e que são boas. Gastar tempo com atividades que valem a pena impulsiona a confiança e constrói amizades saudáveis.

- Com os seus filhos, faça uma lista de coisas novas que eles queiram tentar, aprender ou enfrentar. Aprender como usar seus corpos de novas maneiras pode dar a eles uma apreciação maior às suas capacidades e pode lembrá-los de que Deus lhes deu seus corpos para serem usados para fazer coisas boas.

- Estabeleça um bom exemplo, não criticando os corpos de outras pessoas. Se as crianças virem seus pais julgando aparências, então elas terão maior probabilidade de fazer o mesmo com outros e consigo mesmas.

- Se você tiver inseguranças sobre a sua aparência, não faça comentários críticos informais sobre isso perto dos seus filhos. Ao contrário, converse intencionalmente com seus filhos sobre como Deus tem ajudado você a aprender a ver o seu corpo da forma como ele o vê, mesmo que você se esqueça de vê-lo dessa maneira algumas vezes.

As boas promessas de Deus para você

Deus sempre o amará.
Deem graças ao Senhor, porque ele é bom; o seu amor leal dura para sempre. (Sl 136.1)

Deus o consolará.
Pois o Senhor consola o seu povo e terá compaixão dos seus afligidos. (Is 49.13)

Deus o manterá em segurança.
O Senhor é bom, uma fortaleza no dia da angústia. Ele conhece os que nele se refugiam. (Na 1.7)

1. Coisas que posso fazer bem, agora mesmo...

2. Coisas que não posso fazer ainda, mas estou tentando...

3. Coisas novas que quero aprender ou tentar fazer...

4. O que preciso fazer para começar a aprender e tentar essas coisas?

[1] Beth A. Abramovitz e Leann L. Burch, "Five-year Old Girls' Ideas About Dieting are Predicted by Their Mothers' Dieting", *Journal of the American Dietetic Association* 100, n° 10 (Outubro 2000): 1157-1163.

[2] "What Are Eating Disorders?" National Eating Disorders Association. Acessado em 23 de março de 2020: http://www.nationaleatingdisorders.org/get-facts-eating-disorders.

[3] Ibid.

[4] M. E. Collins, "Body figure perceptions and preferences among pre-adolescent children", *International Journal of Eating Disorders*, 10(2), (1991): 199-208.

[5] L. Mellin, S. McNutt, Y. Hu, G. B. Schreiber, P. Crawford, E. Obarzanek, "A longitudinal study of the dietary practices of black and white girls 9 and 10 years old at enrollment: The NHLBI growth and health study". *Journal of Adolescent Health* 20, n° 1 (1997): 27-37.

[6] J. Kevin Thompson and Linda Smolak, eds., *Body image, eating disorders, and obesity in youth: Assessment, prevention, and treatment* (Washington, DC: American Psychological Association, 2009), 47-76.

[7] Nicky Hutchinson and Chris Calland, *Body Image in the Primary*

School: A Self-Esteem Approach to Building Body Confidence (England,

UK: Routledge, 2019), 5-6.

[8] Ibid.

[9] Jennifer Bishop, Rebecca Middendorf, Tori Babin, Wilma Tilson,

Childhood Obesity, Assistant Secretary for Planning and Evaluation,

US Department of Health and Human Services, updated May 1, 2005,

http://aspe.hhs.gov/health/reports/child_obesity/.

Coan Indústria Gráfica
Novembro de 2024